诗

律师的诗文

冯振国 著

长江出版传媒 | 长江文艺出版社

自序

从小的一个梦想，便是当一名作家，写尽人间沧桑与繁华；后来长大却读了法律，人也变得有些刻板与僵化；但骨子里还有一颗睹世爱言、叹古颂今、浪漫不羁的心。

偶尔翻看年少轻狂时所写的一些愤世嫉俗的诗词，读来仍有感觉，不忍舍弃；无论身处哪个时代，每个人都会经历年轻，现在依然会有像我一样经历那段苦闷日子的孩子；轻狂不怕，信心与勇气会让我们走过酸涩的青春，记录过往，才有机会让我们身处中年还能看到年轻时的自己。

虽为律师，理性固然，但感性却也时常存在生活之中，总想把工作、事业与生活分开，把生活过成想象中的诗般模样。闲暇业余，诵诗凑句，也常推敲一二，灵感所致，也会偶得几句佳句，习惯以记之，便成诗文。

偶尔曾想：律师的诗文，非法庭的辩护，与职业无关，表现了律师斯文与软弱的一面，也是真实的自己，纯爱好使然；也许今后有那么一天，江郎才尽，与诗无缘。

故，整理一番，出版成册，以示纪念。

法庭上被审判的文字(代序)

萧严

更多的时候，我们都在为语言发愁。

婴儿从开始第一声嘹亮的啼哭，就在声明他的阵地，一种为语言和声音而存在的争执。上万年的轮回，也没有足够强大的词语形容这声嘹亮真正的含义。

夜，伴着雨声有意或者无意地敲打着窗户上的玻璃，惨淡的黑被动或者主动地侵蚀了窗外的夜色。笼罩是迟早的，就像语言被历史一次次的抚摸，情感被历代的文人一次次地蹂躏，美或者不美已然没有那么重要了。文字或者语言的倡导者往往是某一个个体，就像早市上那个拿着光亮刀具的屠夫，割下你选中的那一块肥肉。

诗，是语言的艺术，不同的地域、民族、国家，都有不同的语言。然而，无声的绘画、色彩、线条、光影等等却是人们在任何地方任何时间所共同的语言。什么样的诗是好诗？什么样的诗是不好的诗呢？这样的问题，在一个诗歌型体多样化，文本表现形式多元化的时代，有着不同的解释。从来没有一个标准答案。有点像中国当代的书画一样，你说好，他说不好。好与不好最后在争论中除了留下谩骂与争执的唾沫星之外，就是留给人们茶余饭后的那点娱乐罢了。

诗歌不是散文、杂文，古代的诗歌讲格律押韵，当代的诗歌挣脱了古代诗的枷锁，给诗歌飞翔的翅膀，诗歌创作，进入自由化的时代。但是诗歌就是诗歌，而不是散文。诗歌不押韵也要有一定的韵律感。如果诗歌读起来没有一点节奏韵律，就像散文杂文只不过分行来写，那就不是诗歌。诗歌在当代是被人遗忘的文体。诗歌、诗人这样一个标签的存在，总觉得与如今的社会不协调。然而，诗歌作为一种文体，又承载了一代代人庞大或者精微的情感。新诗更是在近百年形成了自己独有的雏形，就像雨滴纠缠乌云，微风抚摸蓝天一般。

　　我一直认为，热爱文学，坚持喜欢文字的人，都多多少少有点文人气息吧。更者，将文字用正常的语言，表达出不同的情感形式，分隔段行，以"一字而抵百意，一句而耀全文"且能引起共鸣的人，即是诗人吧。汉语的书面语从文言文变成白话文，汉语古体诗从格律诗变成自由诗。我们这样一代代人也由情感的保守变成如今的开放，都像一个个自由者行走在独立的空间。我们没有厚此薄彼。现代诗歌是一种灵魂的自由，是一种对写诗人内心的慰藉，没有用行动的"薄"来显示文字的"厚"，更没有扰乱写诗人正常的生活轨迹。他们从事着不同的职业，奔波在不同的场合，只有在夜静静到来，又或者遇到那么一些志同道合的人时，才小心翼翼地把自己多次推敲过的文字拿出来，大家一起而谈。他们保留着内心的那点情，那点柔，那点痴，那点傲，静静地咀嚼着被自己打磨了一次又一次的文字。那是他们的孩子，从啼哭开始，就带着生命。

因此，写诗的人都是用行动验证着语言的忍者，是内心灵魂的描摹师，是用纯净的血液缔造光明的居士。

诗者，是绍兴的黄酒，加上一生未知的邂逅。

（写于2015年8月18日夜初上，雨拍打窗前。应冯振国律师之邀，为其诗文集做序，心惊胆战，害怕不严谨的文字语言与自己年轻的身体被一起送上法庭，接受那严肃的审查。严谨的法官那犀利的眼神盯着接受评判的文字。那一行行的文字搅着手指头站在被告席，茫然的表情浮在无辜的脸上。这样一个场景，也被渲染成了一幅多彩的画，挂在了心头。索性，放开了来一声大笑，"哈哈哈……"打破那寂静的庭审现场，换一席莫名的眼神，也着实畅快了。了然，以此为序，请大家批评。）

目　录

一　青涩年代

⊜ 游记心得

三 杂文专题

一 青涩年代

望江湖

隔断江湖无穷路，
甘霖凄苦谁诉？
英雄无泪，
不惧迷途，
为何衣冠楚楚？

凄苦

在一个浩大的家庭
却偏爱听孤儿的歌
凄然，冷落
我长大了
学会了什么？
学会了在收拾东西时
浪费掉时间
学会了在忧郁寂寞中
吞食下眼泪
苦涩、无味

1993.8.31

受伤

不要说

让我独自来承受

爱情的伤口

浪花　雨丝

何必当初的相吻与拥有

不要说

你要走

让我泪往心里流

伤迹剔透

月朦胧

星朦胧

转眼不见你踪影

只留下我

来匆匆

去匆匆

一切变成空

情已深

意更浓

承诺当做一场梦

感情的伤口

何必当初的相吻与拥有

受伤的感觉

蓝天 白云 孤雁

万里浩旷

一声悲鸣

宇宙也不清静

寂寞因为孤单

苍穹茫茫

何处可藏

犹豫 羞愧 惆怅

1993.9.7 夜

无 题

她，
像一只受惊的小鸟。
眼睛里闪出警觉的亮光，
抵御？惧怕？或者哀伤？
抑或是接受。
课上一女孩的目光，
不经意间掠过我的眼睑，
饱含一种复杂的捉摸不透的情感，
出于一种莫名的好奇？
或关切？或向往？
微闭双眼，独自闲适，
于是记下一瞬以忆之。

1993.9.11 午

情 殇

大雁东北去，
空余再生缘。
若有情尚在，
意欲上青天。

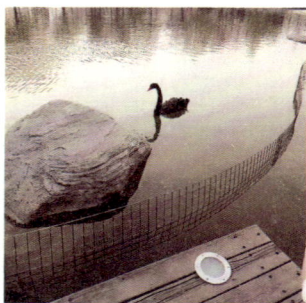

走出幽谷

我

不愿

再在那种深沉凝重的气氛中过活

我需要

在那种清丽明朗的色彩中生存

从此

我将

摆脱幽深走向浪漫

抛弃世俗回到自然

希望会有一种更新更高的境界

1993.9.13

城市的感觉

小时候

我在农村　没见过汽车

每当有汽车驶过　我都要拼命追赶

那时候

我开始向往

大城市繁华的街巷

渴望有一天

我也成为那拥挤人流中的一员

再大点

我到城镇　汽车已习惯

开始感到缺少田野的气息　夜里车声喧嚣

我睡不好觉　我开始想　我怎么去煎熬

后来　我竟能在临街的床上也被盗

我开始有个理想

城市文明也许不像山村一样

静怡而又安详

我再也不愿去想

长大了
我来到了城市
她不是我想象中的花园
走在街上，你不敢多想
耳闻目睹　一切都让你累得慌

如果没有朋友　倘若缺少金钱
你会感到十足的茫然
不会再有老大爷对你施舍可怜
老太太也会骂你像个穷酸
假使你有了钱
服装店　美发馆里走一趟
洒上香水夹上烟
潇洒飘然大街上
一双双淑女多情的眼眸
一对对倒爷猜测的遐想
怎样
你很可能被认为来历不明
在明处你很风光
在暗处你要预防被杀被抢
我很是心伤
满街烟尘　废气横贯
我有一种凋零惆怅之感
别忘了　夜里还得洗涤衣裳

1994.4.28

狂痴

今日明月何时有
举杯来消愁
烟雾纵横绕九州
有梦泪先流
偃仰啸歌舞狂吼
话语一时休
有歌泪述也成舟
气塞独自忧
男儿七尺身躯有
何处不风流
口含香醇五粮酒
香气绕心头
越是沉溺越是醉
谁能知成否?
黄河之水天上流
盛世各千秋
成事在天谋在人
去他妈的屎

慨叹

男儿气概何了了
昂然举首自逍遥
下得功夫何处有
何时春耕能秋收
姻姻缘缘化乌有
心中有情空悠悠
望得春燕回归日
千言万语相隔秋

江山代有人才出
四海处处存风流
他年我若拔头筹
定将红衣改青裘
久卧孤村不自哀
樯倾楫摧都舍坏
扶栏静听风吹雨
铁马冰河日边来

空虚的日子

转瞬即逝的时刻

我抓不牢

拖沓冗长的岁月

又靠不住

正当我狂妄自大

有了麻烦

恰在我悲叹哀怜

却来灵感

事实就是如此这般

无语可言

一味回忆那过去

只多忧伤

执着追求那明天

更是伤感

无奈抓不住这今天

永世不放

这是一个小错误

不能这样

让它轻松地走开

毫无忧患

凭着心灵的感慨

思涛千远

踏踏实实是良师

谆谆教导

多思多练如益友

时刻相伴

如春雨朦朦胧胧

细若牛毛

像春风剪出柳枝

类似剪刀

无需求伴侣配偶

白首偕老

只要有良师益友

及时击敲

心底如一片孤帆

浪迹飘摇。

闲 意

诗出心裁而自成，
格律韵无也风骚。
谁言吾语无出处，
细看东窗文房宝。
孤芳自赏属癖好，
自命清高性桀骜。
琴心剑胆豪气爽，
虚怀若谷镇河妖。

奥运诗篇

不必再言希腊的古禅
2000年风云变幻拼杀叱咤
经历过战争的磨难
洗礼过血腥的烽烟
曾经几度停顿
却依然凯旋
这便是奥运风采
一切都在拼搏中展现
他象征这一个国家的成熟
他代表着一个民族的兴旺

风格　人格　国格
几日方能显现
进步　团结　向上
一切才能豪壮
再别言什么灾祸四起
快别说什么瘟疫流传
让奥运带来生机
人们将永远蓬勃向上
永远
永远

梦

（一）

五彩的梦幻

苍白的岁月

色彩如此的明朗

却没有丝毫的欢畅

（二）

青色的草坪

蓝色的河畔

时光如此浪漫

却不值得她留恋

（三）

从无的可怕

新有的凄惨

太阳如此的狂妄

却也活得那么呆板

（四）

是非的真假

美丑的善恶

诗意如此的深涵

却未有几人能听见

（五）

盼盼盼

盼盼盼

盼去冬春等来年

盼来冷风夜袭寒

（六）

想想想

想想想

想走山路不平坦

想越马道又担险

（七）

羞羞羞

羞羞羞

羞那勇气来时缓

羞那梦影来时短

（八）

悔悔悔

悔悔悔

悔那风云过后的晴天

悔那应酬言辞的荒诞

余兴未尽

有韵无韵皆为诗，
心胸坦荡方有魂。
实而不华少风韵，
华而不实无精神。

自 嘲

（一）

一次次的懊恼

一次次的沮丧

你还不明白？

你不应有的沉沦

你哪里来的风骚？

（二）

一回回的失败

一回回的愤慨

你没有勇气？

你不应有的消磨

你哪里来的徘徊？

（三）

麻而木的状态

多而杂的情怀

你应该反省！

你是在无情沉溺！

你是在痴心等待！

（四）

高而陡的险峰

长而尖的棘刀

你应该奋起

你仍未扔掉的悲哀

你念念不忘的烦恼

（五）

立志是无影的长剑

勇气是锋利的宰刀

无情的斩杀

斩尽一切的罪恶

斩尽一切的逍遥

（六）

等待只是茫然

徘徊只需无聊

你不应有的沉默

你何时才能爆发？

你哪日才得高傲！

1993.7.17

呐 喊

（一）

我没有

政治家的胸怀

政治家的雄才韬略

我没有

革命家的气度

革命家的指挥若定

我没有

音乐家的天赋

音乐家的艺术情操

我没有

科学家的深沉

科学家的治学严谨

（二）

我感觉

我的无能

我的愚蠢笨拙

我感觉

我的渺小

我的拮据孤寂

我感觉

我的天空

我的灰黄黯淡

我感觉

我的世界

我的苍茫袤阔

（三）

我叹息

叹息这命运

叹息这次次的磨难

我叹息

叹息这苍天

叹息它的风云变幻

我叹息

叹息这世间

叹息这升沉冷暖

我叹息

叹息这前程

叹息这迷蒙久远

（四）

我呐喊

我要那光环

哪怕太阳那么灿烂

我呐喊

我要那成功

哪怕历程那么艰险

我呐喊

我要那情感

哪怕只有那么瞬间

我呐喊

我要那辉煌

哪怕留下许多伤感

1993.7.13夜

苦 恋

星星在眨眼

我的心在跳动

苦苦的等待

黄昏

夜深

真想

点燃香烟

燃尽所有恋情

大火烧尽我的思想

让我彻底清醒

一杯酒

是烧，是辣，是亢奋

无望的恋情

使人变成了苦恋者

我不会

再在苦恋中寻找快乐

芳香圣洁的爱情之华

两颗心的距离越拉越远

游壮悔堂有感

自古垂史皆名妓，
常人夫妻平无奇。
爱情本为寻常道，
哪知身后美名遗？

闲暇记忆之老宅院

小时候的记忆里
满院笔直高大的泡桐
还有一棵参天的香椿
可以吊床在树间嬉戏
还能爬攀至屋檐房顶
后来记不清何时
那些高大的树木不在
换成产槐连豆的洋槐
倔强但不茁壮的枣树
还有一棵蜿蜒的石榴
再后来直到现在
苹果香梨和一棵夹桃
还有满园的各种仙草
看似世外桃源般美好
儿时回味却越来越少

国庆探家有感

几门几树几丝瓜？
一翁一缸一座园。
人生只剩闲暇日，
睹物思人忆从前。

放下

相忘江湖生陌路，
切莫回头再相处。
如若还有真情在，
顺祝余生变坦途。

2016.10.26

赠深圳杨总

豫中杨门好儿男，
儒雅谈笑风雨间。
大鹏凌空劲展翅，
皇廷世家千秋传。

追 风

我来了

你走了

来不及亲吻

更没来得及拥抱

追随你

只为你的轻狂英勇

让我失望的是

也许再见便是永生

你走了

留下了遍地伤痕

但

孤独的我

却没有感觉丝毫的痛

2016.10.22 晨于深圳（昨日"海马"台风过境）

望穿秋水

此图非此景
世事总大同
因念而有别
皆立在水中

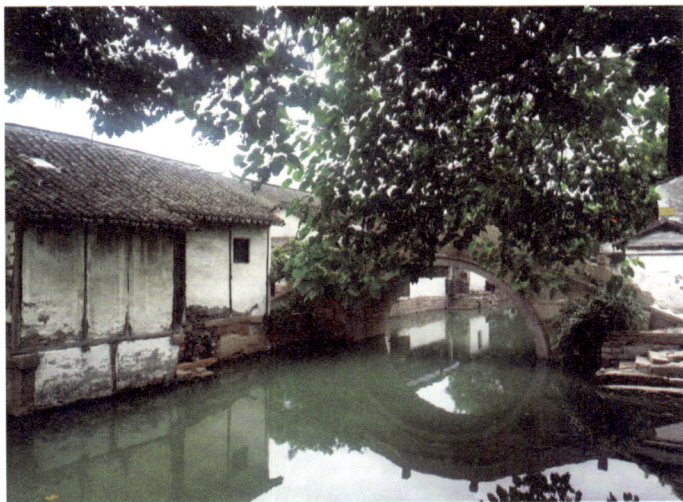

写 意

秋意渐浓雾蒙蒙，
细雨霏霏阴沉沉。
连忙数日终得闲，
明朝展翅飞鹏城。

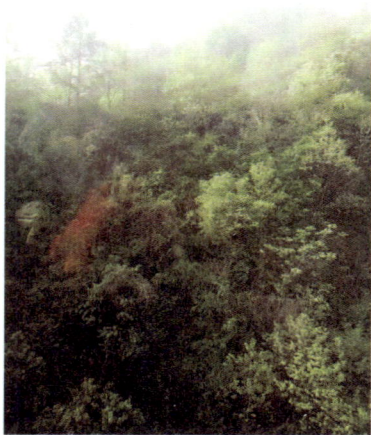

武汉刑法年会有感

耄耋之年仍思聪，
刑法大师百家鸣。
群雄集聚江城在，
学术盛宴同道情。

也咏重阳

寒露袭来入重阳，
未见菊香叶草黄。
沽酒几杯醉夜下，
谁顾远方爹和娘？

今日丙申重阳，静读古诗多苍
凉，中原大地仍暖，身处异地
他乡，有几人不想远在老家的
爹娘？小诗记之。

酒后书法

滇红染墨水来添，
法趣小性亦使然。
酒后练笔画胡乱，
国庆长假马上完。
书读少许风雅淡，
舞起文来终觉浅。

酒后想练书法，滇红茶水兑干墨，
挥笔乱写，却又无词以对，只怪自己读书太少。

醒醒醒

风惨惨
雨凄凄
哭昨夜
泣今夕
思思语语两道泪
未稍多愁湿裳衣
洋洋洒洒几万字
飘飘逸逸几千尺
九霄云外我独处
唯显郎君多孤独
不知天公可知意
万丈情丝系梢头
千绺万缕理不尽
忽隐忽有空自愁
何时才得君之杳
我情只有向天吼
但愿世间长流水
千年流断万年忧

（二）游记心得

海边有感

拉小女赶海，
忽觉人已老，
连天波浪滔，
岁月狠似刀。

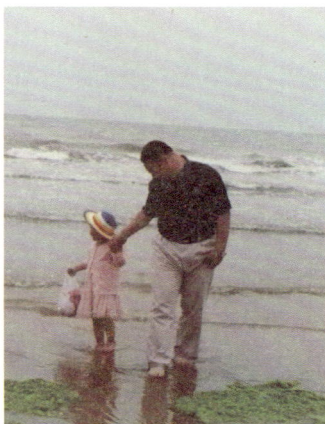

初识大海

　　人生曾有一愿望，到海边看海，面朝大海，春暖花开。其实初夏看海也许是更应景儿的，没有早春的春寒料峭，也没有盛夏的酷暑炎热。初夏的多变把海的冷峻与潮湿变得温婉与滋润，我想此时的她应该是最美的。

　　在最美的季节来看她，也在人生最美的时光里与她相遇，感受她的广博与豁达，沉稳与浪漫。只有见到了她，才豁然开朗，才懂得浪漫原来源于海。北京的北海称不上海，因为她没有骇涛巨浪，更无海水恣意漫滩的壮观场面，因此未能领悟她的浪漫，倒是她的静谧给人留下了惬意和遐想，曾以诗纪念。

　　实现了看海的夙愿，人生亦也走了半程。站在人生漫长而短暂的旅途中，仔细观察这众多的岔路小道，脚步也慢了许多。是不愿走得太快？还是不能走得太快？主观与客观的碰撞其实是一直存在着，就在身边，既然选择了方向，就不怕荆棘，既然还有半生，就应让她燃尽辉煌!

2015.6.21 青岛

老房迎新

青石板，褐瓷缸，
百年不忘是故乡。
蓝顶瓦，红砖墙，
承载四代曾同堂。
红对联，金字黄，
辞旧迎新年年忙。
花门神，彩飞扬，
鬼魅妖魔愁断肠。
白宣纸，黑墨蘸，
书写春秋记忆长。

离京回郑乘车有感

窗外残阳西斜，高铁飞驰电掣，
　　回首两载同为学，有收获。
席间杯筹交错，良师教诲深刻，
　　眼前恍惚如昨夜，无悔也。
虽未功名成就，巧搭金桥一座，
　　人生路上奋力搏，不怯懦。
谁能四海放歌，看我癫狂诗作，
　　法治大梦仍未酬，朝天阙。

练 笔

几日不练手生疏，
握笔好似拿铁杵。
墨干砚净无满意，
耗神费纸谁无辜？

静 夜

傲脱一世

时空相隔，各俯书桌。
侬在构思，我在创作。
一杯清茶，总是忘喝。
两地相思，星空载月。
光阴似箭，日月穿梭。
此意绵绵，天作之合。

风 祭

昨夜西风掀帘起，
今晨隔窗沙满地。
不知沉船魂归处，
呼啸长吼似鬼嚎。

记罗班来郑

卿豪周末中原行，
夏季酷热变清风。
童言不忌心未泯，
谈笑鸿儒无白丁。
相聚方知分离痛，
常思多念同学情。
人生行走皆半程，
天下谁人不识君？

崂山游记（一）

崂山道士穿白墙，
心诚则灵弥天谎。
本是道童影忽现，
蒲公文章一误传。
逢仙桥边龙头榆，
三清店里神水泉。
鸡犬得道齐升天，
绿石玉龟卧千年。

崂山游记（二）

海上仙山翠澜，
太清绛雪道观，
凤舞碧海蓝天，
红瓦绿树人烟。

日照游记

记得有首歌，《我想去桂林》里唱到，有时间的时候手里没有钱，有钱的时候却没有了时间。所以想去桂林却去不了。

趁现在我们还能挤出点儿时间，手里也还有点儿钱，来场说走就走的旅行。人生就是一场修行，能随着心的方向行走，便是自由的最高境界。

小时候一直以为海是蓝色的，胸怀广博，到了海边才知道海水并非蓝色。倒是她的宽阔与壮美让人生畏，也许这非真正意义上的海，那梦里的海之蓝您在何方？

从小生活在中原，见惯了所谓的飞沙走石，总以为沙会被风吹起来，迷乱人眼。到了海边沙滩才懂得，那被风刮起来肆虐的是尘，而不是沙，沙虽细微，却有分量，不会随风而舞。

醉　酒

午夜饮酒问墨香，
细雨绵绵风寒凉。
独自讨来愁肠醉，
谁人知晓为哪桩？

春雪

你如果还恋着冬，
就该与冬季相随，
在凛冽的寒风中，
尽献你洁白浪漫。
在温暖的春天里，
任凭你飘逸的舞，
还是肆虐的轻狂，
冬依然决然而去。
冬不等迟到的你，
春拒绝冰冷的你，
无论你为谁而来，
都那么不合时宜。

你突如其来降落，
本是来慰藉大地，
然却未亲吻相拥，
就被阳光所摒弃。
你本该陪冬老去，
却爱恋春风暖意，
不贪恋冬之俊毅，
注定是无言结局。

空 灵

安全感，责任感
停留在飘零荡漾的秋千上。
霓虹灯，啾啾风
每个人的心都停止了跳动。
抓血痕，咬牙印
呼啦啦只留下了白骨坟。
轻抚面，泪婆娑
烟雨朦胧两鬓斑白漾心浓。

同事游记

王莽岭上惊雷起，
阴晴转换一瞬息。
仿如水墨丹青画，
山顶采风人集齐。
风景秀丽莲翘密，
辰中律师人才济。
同游畅饮伴笑语，
群峰众峦岂能比？

聚散之间

散了又聚，聚了又散；

今日一散，再聚凭缘；

取一弱水，法大校园；

昔日华文，精彩时现；

师生情深，聚散之间；

四海五洲，尽显博渊；

法治天下，浩海扬帆；

期望重逢，来日再见！

命运

每到过年，
它们的生命将终结。
无论如何嘶嚎与挣扎，
终将无法摆脱被屠宰的命运。
它们是猪，
憨态可掬不知忧虑。
给孩子带来无尽快乐，
也曾是你我之间亲切的昵称。
生的意义，
也许就是死得其所。
一年间的杂食与呵唤，
就是想成为人类餐桌的佳肴。
奉献自己，
浑身全部血肉骨骼。
连它毛发都毫无保留，
这就是燃尽生命的凄美人生。

为书痴狂

（一）

狂书泄愤三小时，添水研墨终不息。

续纸再写已无力，明日转颜换新衣。

（二）

字写满头汗，清凉留心间。

未见有长进，染墨砚安然。

雨中游龙门石窟

桥底花伞如丛，
伊水烟雨龙门。
游人拜佛虔诚，
漫山空余佛龛。

屏前静思

万水山前绕，千山藏暗香，
百条溪涧入浦江，九曲回肠共赏。
八面美景扬，展示七分采，
诗词六画廊，五经书内博览忙。
四海三江，四海莫相忘，
四海蕴红尘梦，两地一屏方。

梦醒时分

昨夜启窗，风惊醒，轻点台灯，却无梦。
望众友人，或叹息，企求观音，意难平。
声声轰鸣，似催命，再谈余生，已三更。
思绪飞舞，不能眠，静卧冷床，盼天明。

怜 松

冻雨摧青松，
枝折连根起。
不是雨无情，
山风有恶意。

请观音

细雨朝山拜观音，
一日方见观音容。
万人祈福心虔诚，
跪拜请香人纷纷。

憩花果山

山青树绿桃花红，
果园山庄鸡鹅肥。
隐居小酌浅尝醉，
夜深人静思云飞。

致失去信仰的转行者

有人选择做律师是因为热爱法律，
有人选择做律师是因为生活无奈。
有人是做不了公务员才去做律师，
有人是只认准律师而不考公务员。
有人放弃公务员转行做律师，
有人放弃律师转行做公务员。
人生路口的徘徊者形形色色，
我欣赏对法律追求的忠诚者。
无论他怠慢我，虐待我，打击我，
我始终坚持，尊重，敬畏他。
也许爱他会让你暂时清贫，
但心中却应当时刻充满着，
坚毅与淡定，
自信与从容。
律师，
是一种职业，
也是一项事业，
别沾染铜臭，做一世清洁。

过年难

过了小年过大年，
你我皆在中年间。
上有父母需陪伴，
下有子女闹翻天。
祈望长者体康健，
还愿晚辈能腾达。
年年岁岁聚首难，
岁岁年年人落单。
心中盼望早团圆，
和和美美度余年。

红旗渠游记

神工斧劈千仞山，
引漳入林奇功建。
巨匠精神耐十年，
敢叫旧貌翻新天。

花痴

今日鄢陵沐清泉，
疲劳未消泪水咸。
夜半突袭太行山，
天亮红旗渠上见。
众芳皆是前生缘，
理所当然享清闲。
不为情趣尽自然，
鞍前马后唯是瞻。
倘若真有来生日，
化作泥土护群花。

咏 春

立春之日需静养，
东西南北沐春光。
新春伊始春风荡，
江河开封鱼水欢。

2015.2.4 立春

游顾村

夏时偷得半日闲

伴静赏荷水云间

太平桥上走一遍

晨露飞起溅欢颜

鸟鸣林　蝶恋花

白鹭引吭藕池边

雾霾已去离君远

艳阳倾洒在亭间

春 雷

春雷炸响
闪电横空
今日为谁所愚弄?
老天欺我风雨中!

剪发有感

落剪无情烦恼去，
一地碎屑随风起，
它曾高居众人首，
除旧树新终须理。

行路难·郑州

烟雨蒙蒙罩绿城，
五颜斗篷阻车行，
四处修路不畅通，
高架桥上一片红。
哀吾城市不文明，
怒斥官场为绩政，
耗时费油车相拥，
内急愁得人发疯，
无奈车门当屏风，
男女不忌忙入恭，
何时路顺不堵心？
扬眉吐气郑州人！

冬风烈

秋尽撕风裂，晨露似飞雪，
沙尘席卷堆枯叶，梧桐枝丫欲折。
昏灯伴冷墨，孤影对寂寞，
修得一味禅茶戒，难绘心中宫阙。
醉眼观世间，红粉与黛绿，
寥华只差嗔念者，终归阴阳两界。

夜行随州

风雨兼雾夜入楚，
只为救人于曾都。
炎帝神农之故里，
汉襄咽喉似明珠。
故人不知埋葬物，
如今陷人入囹圄。
本是相州一村夫，
无知无畏享清福。
倘若只为挖地窖，
纵有宝藏亦别图。
心无贪念守独处，
何来自由受束缚？

照镜篇

立汝之前才识己，
足见平中可显奇，
古人近你正冠衣，
今有习总立警纪。

洗澡悟

平日劳作少洗礼，
从未染土却粘泥，
清水涤荡去浊气，
一身轻松裹罗衣。

记烟溪楼

一池残荷便是秋，
二人相聚烟溪楼。
三更不休品清幽，
四海天涯任君走。

问西安晓东

三餐均碟盘，
四季吃翻天，
不见君增肥，
妙方可否传？

晋中行

庭后不歇途锐行，
跨省救人急匆匆。
沿途美景无暇问，
翻山穿隧入晋中。

远 游

一塘残荷赋清秋，
鸟鸣烟溪映娇楼，
风舞垂柳消霾去，
置身此处享静幽。

豫中情

同学辰时离都京
午时相聚豫浙中
畅饮小别相思情
绿城征途赴鹰城
夏龙高屋能建瓴
宁洛郑尧转豫中
只为明日多庭审
夜半公路听驰声

游凉山

同学情深游西蜀，
凉山邛海共相处，
五日相伴赏美景，
友谊常青永相驻。

无 题

缘来缘去缘已尽，
倾国倾城不倾心。
十指飞扬无琴键，
静修我心向苍穹。

写给辰中兄弟

车已行至邯郸东，
独坐高铁苦思冥。
欲写我所众英雄，
胸无点墨难描成。
全体弟兄一条心，
驰骋法庭诉讼中。
非诉姐妹齐上阵，
挂牌上市助成功。
经典案例要发行，
优秀论文定刊登。
广结八方众亲朋，
社会交往多活动。
共同发展求共赢，
大展鸿图法治梦。

吟甲午岁末暖冬

乙未元月已出征，
三九未寒风无声。
冰雪不见愧今冬，
转眼黄历即是春。

游漕江

朱家角上漕江河，
船工摇橹笑呵呵，
两岸民居古韵在，
放生桥下鱼儿多。

别 京

寒露时节欲离京，
师生情谊挂心中。
感动天公雷雨送，
各赴战线建奇功。

凉山晨练

六更晨练海湖边，
蝉鸣犬吠声震天，
昨夜湿地月光现，
今日别彝向蓉还。

拜佛

佛缘未尽朝西走，
众生相伴一同游。
酒色未戒愿难求，
不取真经誓不休。

痴 求

古有孔雀东南飞，
今日痴汉忆丝绸。
惜君才气高八斗，
吾自轻狂岂敢求？

祭落叶

来为护花生，
去作化泥粪。
仅有半载绿，
却为人遮荫。

在一个飘雨的日子

遇到一幢老房子，

老茶，古木，和天井。

还有那绕梁的余音……

点了他们：

她是咖啡，他是普洱，咖啡是老普洱的前调儿。

品：只记得丝滑的她引领了温和的他，

她的微苦走在前面，他的回甘留在后面。

恰到好处，不远不近，哦，雨天的偶遇。

老房子外面的世界：

一头是城隍桥下的摇橹，

一头是放生桥上的众生，

佛与道，

你若问是佛家的鱼游到了道家的庙，

还是道家的船划过了佛家的门，

生生相惜，共赴一场来世今生。

缘来如此……

（补记昨日的老房子，有时间再聚）

偶 得

北上只为镀金博，
不曾拈惹花草蝶。
后海嬉闹放纵夜，
偶得半生诗词歌。

饭桌趣事

薛少迎叔云，
建宏绕城晕，
千岛湖鱼头，
掀盖变鸡身。
未见烤鸭来，
却见青瓜葱，
如此一酒店，
金玉满堂红。

送友东归

乙未年三月初一书

三月春雨中，
友人离故关。
同游牡丹园，
共赏龙门山。
欲驾白马去，
良驹却难牵。
何日重相见，
樽酒慰离颜。

生日快乐

您已经94岁高龄，有人说您已经老了。
肌体已经浑身是病，已无良药拯救生命。

其实您才刚刚幼年，历史长河您才一瞬。
社会细胞如同肌肉，自我修复功能尚存。

世界瞩目为您庆生，全球华人为您称颂。
唯您品格能力智慧，承载压力奋力前行。

祝福您能健康长寿，同贺万岁与民同共。
生得卑微活得光荣，举世文明靠您带动。

华夏千年岁月更新，世代血脉万古传承。
您的伟大无须赞颂，光辉业绩谁与争锋？

沉 浮

浮字三千半生贫，
满腹经纶画春风。
作砚方显沉泥贵，
一朝成诗论英雄。

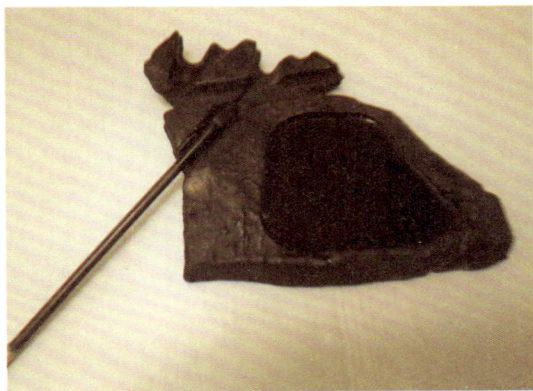

远 行

春节逆势去远行，
行走感悟更深沉，
纵有佳人伴左右，
几日小聚岂偷心？

让心灵不再孤单，
究竟谁才是你该等的人？
渴望的充满荆棘，
眼前的失去信心。

随心的方向航行，
一定会有灯塔为你照明！
半生相随心无愧，
空余光阴徘徊中。

如无宁静，宁愿独行。
如不相遇，各奔前程。

雨夜静思

纸尽墨净心未静，
练字写在天地中。
虽未居中成作品，
独赏诗文醉吾胸。

赞绿萝

绿萝本无根，剪植于水中。

置于书案上，伴我五年整。

虽不能遮阴，冥中助我行。

茎通叶肥硕，万般皆成功。

农历五月廿五日周五早上到办公室打扫书桌，看到她有感。

上海青浦取证遇停电

周日半夜豫入沪，
晨起出租赴青浦。
无奈遇到停电日，
只得等候到下午。
苦于酷暑无去处，
寻觅餐厅填饱肚。
无心观赏淀山湖，
静待电临青松路。

重游朱家角

朱家角镇重光顾，
不见咖啡与生普。
道佛门桥今犹在，
只剩一人坐摇橹。

惜 缘

一别两月余，
每日有三思。
灿鸿虽肆虐，
难敌吾相知。

2015.7.13 上海

法治之声

（一）

风云变幻法治声，

电闪雷鸣裂长空。

冤假错案待纠正，

善辩群雄入狱中。

（二）

农历乙未年，法治声震天。

律师本维权，百名却沦陷。

如此之局面，历史也未然。

置身律潮中，谁鞋水不沾？

2015.7.16 郑州家中

有感北京行

左思右想顾前后，
朝发暮归日月愁。
南来北往为东西，
冬去夏至写春秋。

2015.7.19 晚 北京西客站

一天小计

晨去会见午看卷，
又忙立案又约谈。
暴雨过后彩虹现，
接女赶在放学前。
忽想有人约晚餐，
常练书法拒酒宴。
回头看看这一天，
无悔无愧为这般。

2015.7.22 夜

书法练习

一日练三遍，
气定神亦闲。
夜深人静时，
独享笔墨缘。

2015.7.20 凌晨

居白云山

山林阵雨后，
蝶舞冷清秋。
漫步踏石径，
天合水亦留。

对饮

窗外夜雨敲清秋，
寒室有蝶栖床头。
偶遇老吴携家游，
同饮美酒话珍馐。

氧吧行

万棵红杉直，
几方旱莲香。
仙乐映此境，
独走梅花桩。

无 题

白云山中隐几日，
不闻案卷不听事。
烦恼杂陈皆抛弃，
只叹时光如过隙。

看景不如听景

九龙飞一瀑，
废墟玉皇湖。
你若还想来，
别信百度图。

登玉皇顶

三岔路口乘车行，
青竹作杖勇攀登。
不畏脚下阶千层，
中原极顶在云中。

游白云湖

白云湖通情人谷，
情人谷回白云湖。
舟行幽处需移步，
移步方知绝妙处。

记大暑

无云无雨亦无风
酷暑难耐似屉蒸
多年修为身清静
凉爽源自心底生

2015.7.27 中午

蒙羞

老美践我行，
催吾白发生。
阅兵秀肌肉，
钢铁也蒙尘。

今日有感

老美舰入侵，三维护送行。
知我领海界，故犯我领空。
扰我心中想，观我胆怯生。
喊话无济事，我行我素能。
你与其交善，其与你交锋。
你免其国债，其本赖账中。
惹急我老毛，打你个鳖孙。

高铁与站台之恋

你，缓缓启程；
我，原地不动。
你来，我接；
你走，我送。
你经历雷电风雨；
我却有顶棚遮阴。

你，急速狂奔；
我，渐远渐行。
你去，我等；
你回，我迎。
你承载千万生命，
我只有铁轨两根。

你，有始有终；
我，静候佳音。
你出，我守；
你进，我临。
你日夜披星戴月，
我期待次次重逢。

月夜阅卷

月明星稀夜，
风卷残云起。
同是一片天，
黑白转瞬息。
隔海如相望，
盼君归故里。
静思不能寐，
苦想卷中奇。

辰晨赋

今贺岁，在金秋，夜雨一夜未休，敲打梧桐叶愁。
晨欲起，曾怀旧，过往俱是烟云，飘洒松柏针幽。
总无梦，也无求，茫茫人海横流，却不随波泛舟。
人已惑，又二秋，无视功名成就，只求诗词茶酒。

记刑法年会后转京

乙未十月金秋忙，
刑界大咖聚星光。
来年再集定武汉，
今日道别散八方。
狼牙山，白洋淀，
荷花莲池大观园。
京畿之门无暇赏，
不回河南奔朝阳。

重阳路上

晨临商城午转驿，
高速惊魂因累急。
人生何须太拼命？
诗酒歌茶才惬意！

庆 生

不惑又二怎多年，
未孝父母在眼前。
何时才是静养日，
其乐相融享天然。

中秋思

昨日秋风今夜长，
梦里寻您在何方？
烟波浩渺孤舟荡，
千里之外黄浦江。

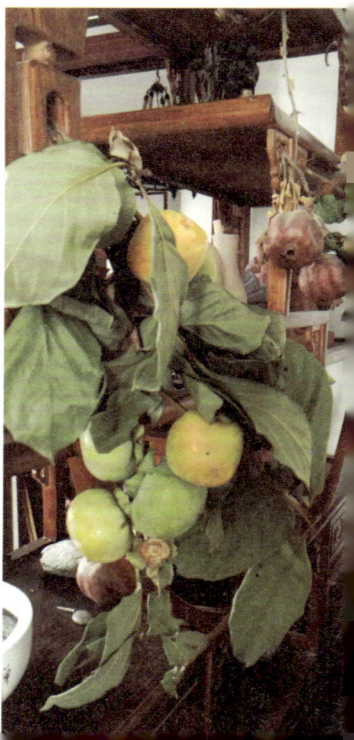

惜 别

人生之路皆匆匆，
车站码头全路人。
推杯换盏乐无穷，
随心而往最为真。

醉酒词

醉酒深夜涂鸦，
清风吹乱菊花。
秋梦不解哀怨，
静待天亮出发。

2015.10.3 夜

迷茫

夜醉迷途，寻归无路，茫茫人海谁诉？
静卧孤独，前贤全驻，两眼双垂寻渡！

问 茶

一人一笔一茗茶，
二更不眠忙听法。
君问杯中为何物？
四五六朵三七花。

连夜行

秋风前日夜，
月没长路远。
苍茫星落泪，
遥想心渐暖。

赠司法考生

也曾几日不眠夜，
备战思考四个月。
熟读章律几十册，
天道酬勤一次过。

发 呆

异地一屏风，
举头常思量。
眼前空切切，
身后两茫茫。

牛

气斗冲云霄，
繁杂似汝毛。
世人皆吹你，
黑白乱颠倒。

三人行

晨起三人齐离京，
日驾小歌千里行。
深夜穿越白杨林，
静卧乡野听蛐鸣。

连夜赴京

（一）

日夜兼程风雨行，
丑时方抵紫禁城。
不为名声和金银，
满心只为救赎人。

（二）

衣作被褥车当床，
苍穹似帐云如帘。
并非塞外好风光，
凌晨栖在马路旁。

剑

雷霆千钧已出发，
群魔乱舞忙逃窜。
破冰尚需三春暖，
一记重剑撼云天。

风景

同一处地方
却不一样风景
少了雨伞
却多了晴空
晴朗有他的俊毅
阴雨有她的艰辛
是他晒干了她的湿
还是她滋润他的晴
也分不清
唯有躺椅与木凳
经历着雨
承载着风
唯有杯具和茶茗
见证云雨
记录爱情

练 笔

新笔豹狼王，
一得阁墨香。
诸事皆圆满，
三尺特净宣。

法缘

激浊扬清志，
剑胆抚琴心。
挥毫笔墨缘，
静析法理情。

闲 作

窗外雷雨起，
雅室增情趣。
文房无四宝，
难免心孤寂。
烟缸作砚台，
茶碗当镇尺。
同事试身手，
挥毫毛边纸。

同学情

邰艺边陲一小官，
法大结下同学缘。
建房本是一喜事，
孰料坍塌成灾难。
在京发起募捐款，
爱心一片汇十万。
靖雪合璧将款献，
跨鲁越豫黔东南。
玉平虽顽心不贪，
皆是因爱也因缘。
莫笑他人疯痴癫，
大爱面前多包涵。

秋 色

秋风吹尽寒，
层林红遍染。
寻柳不见绿，
叶黄天湛蓝。

雨夜静思

立冬前日阴雨雾，
授法传道洞林湖。
一城执业二十载，
共谱律章同进步。

生本苦旅

累到哭时常怀笑，
情至伤处泪狂飙。
生活本来已不易，
何须重担独自挑？

天净沙·朱颜

朱颜憔悴落单，
红酒抚琴醉弹，
玉润还需把玩，
爱经数年，
空余双鬓白发。

天净沙·香山

庭毕游览香山，
期待满眼红黄，
怎奈群景寻遍，
红叶落尽，
只存残叶留香。

如梦令·等你

相约香山之巅，
雾霾淹没云端，
总寻你不见，
翠玉古松参天……
红叶，红叶，
今日与你无缘。

相见欢·思念

春季相约南山，没时间，
夏里追你湖边，手难牵，
春思你，夏想你，秋念你，
如今已是冬天，抱抱吧。

忆白云山

八月下山已三月，
转眼一秋已相隔。
此文不知如何续，
静待冬去看春色。

问 酒

冯氏宗亲酒，
食上馆无忧。
晚来天欲雪，
可饮一杯否?

如梦令·岁匆匆

惜同窗之少年，
忆往日之多艰。
却英气豪发，
今不惑体不健……
锻炼，锻炼，
总成一句空谈。

打尖

青瓷小蝶盛花生，
香菜蛋黄配银根。
桃源路边打个尖，
一碗擀面热腾腾。

参禅顿悟

人活半世仍懵懂，
不羡鸳鸯不怀春。
多情若得一知己，
无缘茶话共此生。

未盖被冻醒

昨夜披衣卧床安，
卯时冻醒因膝寒。
何来寒意袭君眠？
睁眼一看被未掀。

记梦魇

又是冬至日，
梦魇惊醒时。
斗气终害己，
想来真不值。

附解：凌晨四时醒，潜睡入梦，游山中，居陌室，手机未见，急寻，一日未得，借别人机呼之，响至一女，遂胁女索之，然此女烈，奋顽不顾，博之，男略占上风，僵持数时，男稍懈，女愤起，男气绝，惊身汗，梦醒，此六时，以记之。

高速口望霾难行

大雾锁苍天，
高速封闭严。
前行进不了，
后退也艰难。
静坐等风来，
渴望上合蓝，
谁手能拯救？
百姓于霾前。

念君

君在浦江东，
吾居黄河南。
终日思君不见君，
明夕是猴年。

晕

小寒节气雾霾重，
头晕目眩难识君。
疑是血压往上升，
岂敢无故怨天公？

参会离京有感

匆忙参会被送行，
三日紧张半日松。
夜深仍闻探讨声，
刑辩路上步履沉。
小心捧得奖杯重，
心怀四方狱中人。
冤案至今仍犹在，
不盼春天盼黎明。

未雪

这一场雪，
晨舞暮歇。
一定又是谁有不白之冤，
祈求于上天来恩惠覆泽。
苍天有眼，好生之德，
洗尽铅华，染白世界。
白了又如何？
天毕竟会黑，
它的雪光无法照亮一切，
不过是转眼即逝的欢乐。
即便是太阳，
也有无法抵达的阴暗角落，
黑夜里它也只能闭光让月。

民 俗

三更不睡五更起，
眼疼头晕穿新衣。
家庭成员吃饺子，
吃到铜钱是福祉。
敬佛上香虔诚礼，
燃柏放鞭驱晦气。
火苗不熄示兴旺，
炮声连续是顺意。
叩拜父母出门去，
祭奠先祖上坟地。
供奉食物烧冥币，
添土不忘先人离。
上坟完毕回村里，
忙着跪拜讨福利。
门廊街坊都亲戚，
全是磕头不作揖。

（记老家安阳过年，初一早上吃饺子、燃柏枝、放鞭、上坟、磕头等风俗。）

冬风破

雪后初霁风乍起，
呼啸三日不停息。
立春再无几时日，
为谁欢歌为谁泣？

对 酌

干白冷谷红，
黄瓜就花生。
独酌本有意，
乐趣却无穷。
夜静伴笑语，
弄杯舞清影。
人生本短暂，
何必太认真？

醉 酒

半瓶干白已微醺，
心猿红颜入梦中。
平日八两不见晕，
今宵为何醉意沉？

凑 句

谢天谢地谢红军，
磨难艰险历从容。
杀敌三千魏曹地，
屡战不败立奇功。

春至无果

盼春春至春草青，
祈事事出事已黄。
不如寒冬还长在，
有望终比无果强。

家 境

卯时出门亥时归，
多地勘案我不悔。
前夜煮粥今还在，
潸然动情一把泪。

无 题

夜投飞达双臂寒，
茶漫水台未愁眠。
初春难见风吹雪，
榻凉方知九未完。

夜 读

一人一茶一镇尺，
三更方是阅读时。
未见书中颜如玉，
前人梦醉尽花痴。

与佛说

夜深了
一个人静坐桌前
不知想什么
不愿睡去
心在想谁呢
她在干什么
睡前也忘想我了吧
满纸墨迹
没有得意之作
不想睡去
只是习惯了煎熬
习惯了失去
也许从未得到过

佛啊
究竟要修什么课
才能忘情
忘我的工作
困在城中
思想旷野
大自然离开久了
有些窒息
即使阳光
也无消霾之力
渴望绿野春风
期待和煦欢乐

偶 遇

曾经少年的梦

二八大链盒，永久凤凰五羊；

那轻狂的年纪

吹着长口哨，唱河南家乡戏；

南锣鼓巷偶遇

经年二十几，仍原来之身躯；

还留些许记忆

蹒跚学履时，曾妄想征服你；

然数日有所悟

千里行单骑，能平衡齐驾驭；

论环保与排放

无座与你比，笑逐奔驰宾利；

在拥堵城市里

看车水马龙，唯你绝尘而去。

机场遐想

每在机场

都会想到人生起落无常

每次起落都蕴含着希望与忧伤

很多时候

我们无法掌握人生方向

导航也会遭遇走不通的岸或墙

放飞风筝

也曾担心消失在视线里

何况人生没有那根结实的尼龙线

不必彷徨

你我皆在这苍茫宇宙间

自然轮回不妨尽情享受这时光

无言绝句

（一）

矗立不惑头，苦为子嗣愁。

誓不再寻芳，期颐老泪流。

（二）

矗立岁中游

虑伟业千秋

贪恋风华而无后

期颐老泪流

春 意

桃红竹清瘦，
叶细柳娇柔。
满园舞春色，
连翘黄花秀。

老屋有感
　　—— 2016 清明老家有感

老椽木栅结顶，

储物囤粮藏身。

回忆儿时姑成群，

嬉笑欢趣童真。

白天玩玩弹弓，

夜间数数星星。

土炕曾睡众多人，

故事讲到天明。

如今老屋无人，

再无炉火生明。

唯有爷爷老寿星，

孤寂落寞恬静。

夜读律法晨修诗，

独居静处自喧嚣。

2016.4.6 晨

春 黄

杏花谢了桃红，太匆匆。

无奈朝来寒雨晚来风，

遍地芦蒿，麦柳泛青，

生尽终归黄土，忙个甚？

花期赋

牡丹怒放时，
神都人如织。
此景年年有，
却只四月里。

忆 南

转眼十载余，
男儿栖何地。
世雨多飘零，
丹心为谁知？

闲赋一首

偶尔周末有空，学校接接大妞。
也就这个时刻，心里安静如秋。
想想身边没谁，该陪闺女遛遛。
终日看卷发愁，成夜作诗饮酒。
得闲还要补脑，没有时光旅游。
你说活着图啥，流芳百世千秋。
听着说哩怪大，又有几人不朽。
纷纷扰扰世界，草木人生一秋。
无论多少烦恼，皆因抛至脑后。
这话谁都会说，做到确实没有。
争名夺利背后，隐藏无形杀手。
总想随波逐流，又觉应该奋斗。
如此何时是头，谁也难逃此咎。
想要轻松无忧，除非无欲无求。

高速遐想

酒洒三百里，
谁陪我自知。
问闻随它去，
夜在长空里。

云 集

初恋忆那山，
明月配少将，
青春不再现，
雨中酒至醋。

醉 书

清风徐来明月现，
文韬武略尽华章。
少时不知用功忙，
空许报国骗上苍。

听雨诗两首

（一）

午夜听雨声，

隔窗闻不见。

挥墨草木间，

泪洒衣襟前。

（二）

醉卧听雨静无声，

细露芳菲话东风。

人间四月有情在，

何处不能啼叫春。

自嘲诗两首

（一）

吾本一凡夫，

怎奈汝称俗。

苦思不得解，

源于笨大粗。

（二）

腹中无文章，

年少自轻狂。

纵使白发生，

依旧飘飘然。

春 梦

春日多梦境，
常揽君入怀。
巫山云雨起，
汗湿榻竹台。

酒无量，人无品，笔无锋，诗无韵，茶无味，
琴无声，法无道，心无情，何以行走江湖？

禅 道

禅听法智趣,
静闻墨里香。
书藏福禄寿,
道在自然堂。

办案有感

洛阳办案留两日，
牧丹花开正艳时。
无心寻红与问紫，
静待花落忆成诗。

分 手

在一起
我们都很快乐
除非你是装的
我却从未发现
也许我有些傻
分开后
还不到一周年
甚至一个季度
你便开始指责
我让你不快乐

注定的
上世我欠你的
也许你欠我的
否则何必相遇
相见未留遗憾
从此后
都互不再相欠
也再不用相恋
更不必去回忆
短暂后的伤感
多年后
我们终会明白
不只陪伴叫爱
年轻时的寂寞
才是悲情诉说

洗冤录

纵有办案千般难，
不妨诗书万样情。
污秽遮天半时暗，
奇冤千古终被评。

骂酒令

古人饮酒为乐，
今世浅酌即醉。
不惑之年皆变鬼，
勾兑，勾兑，
夜雨冷风人心毁。

今晚喝酒时一帮兄弟忆起的前几天逝去的酒友有感。

寒舍

偶得一舍隅，
常忆无衣寒。
诗书可明志，
静能享天年。

清华与庆宇赛诗

行走校园间，
胜游塞外山。
于天之浮云，
言者皆善辩。

梦回学堂

一梦走千里，
依门听贤音。
学长笑盈宴，
对坐愁回程。

难得"五一"清闲午睡，却梦回校园，在教室门外刚听到老师讲课的声音，同学走出教室，看到我就要请客吃饭，坐到桌前，问我怎么来的，我说吃完午饭，说出门散散步，就朝着这里走来了，才发现走了这么远，天黑了，我怎么走回去呀！于是梦醒！（这几年假期上课上成梦了，记之）

祈晴

挺进六月不得闲，
又有三日跨省辩。
不期神兽能开眼，
只盼近日是晴天。

法律无能

法修数篇书堆满，
律无锦衣可御寒。
无奈獬豸迷双眼，
能言善辩亦枉然。

临沂回豫送老吴有感

连日奔驰数千里，
修桥绕道黄河堤。
本是偷闲探亲去，
怎奈鲁豫路险奇。
未时起程辞临沂，
此刻方抵殷城池。
好在一路有兄弟，
同甘共苦在一起。
祝兄鹏程腾万里，
心想事成得美意。
君若扬眉能吐气，
稳居一方造福地。

劝君惜杯

壶中酒尽杯中干，
肆意狂饮情意绵。
莫怪英雄豪气短，
古今此事惹祸端。

修 行

静夜听雨声，
终日苦行僧。
当一日和尚，
就撞一天钟。

忆 章

是谁许我一枚章？
想必此人早淡忘。
虽只是个小物件，
寸毫之间铸圆方。

夜未惊

昨夜高楼清风，
　酒醉未能入梦。
禅心妙龄愁白发，
　狂澜急聚莫惊。
寻高明，弃虚空，
　方得两岸始终。

应邀而诗

思谁在梦里？
朱唇微轻启。
玉面如桃花，
红颜不相识。

雨水谣

春秋话雨皆美誉，
唯夏却常势如洪。
江满河涨湖盈溢，
祸害人间水难平。

寻色不见

古时美女柳蛾眉，
如今半韩雾成堆。
云发丰艳无处觅，
肤若凝脂还有谁？

夜 愁

千古夜色太绝美，
醉酒诗书不忍寐。
晓月风荷愁何对，
只恋白日梦一回。

昆明行

（一）

春城雷雨夜袭楹，
晨起窗外鸟啼鸣。
静卧途途客栈中，
缘生缘灭几段情。

（二）

望山明志，
倚栏观庭间花落；
茶马古道，
伏首数檐前雨细。

城市蛙鸣

暴雨灌商城，
倾刻浩瀚中。
夜深不能寐，
隔窗闻蛙声。

丙申叹

转眼不惑已拐弯，
荣辱去留亦淡然。
心系桃李树下事，
猴年马月行渐远。

忆 谁

酉时五更梦，
相拥泪成痕。
夏雨仍未收，
秋意已来临。

穷 对

一杯单枞茶凤凰

二人对酌品五粮

生者虽非相同道

饮来却是一样香

猜字谜

一撇如剑向西南，
找不着北誓不还。
手持利刃戈相伴，
却是和气作一团。

每次坐火车时我都很容易静思胡想，突然想到了一个字，
字如其人，便作诗一首，猜下这个字是什么吧？

路漫漫

二律取证奔江南，
辗转彭城夜未眠。
不知云亭官可在，
午后魔都赴奉贤。

微信圈

朋友圈里忙生意，
有事没事装有戏，
无论穷富或空虚，
发个心情晒自己。

辞 夏

昨日骤雨劲风狂，
盛暑狰狞终已亡。
汝若不哭悲泣去，
怎唤金秋一丝凉。

病梦行

昨日夜半噩梦生，
今晨无眠心不宁。
风里驰骋听吠声，
剑下看卷到天明。

记2016年8月31日凌晨病去，无睡意，
满血复原，4点赴办公室看卷至天亮。

努力歌

白天其实没有短，
只是前移到五点。
工作激情不能减，
我不努力丢饭碗。

茶 语

茶如人生人如戏，
先苦后甜再无趣；
过度包装显华丽，
其实二两刚有余。

2016.9.4

天净沙·秋思

残阳如血晚霞，
垂柳芦苇荷花，
木凳石径幽雅。
龙子湖畔，
与谁共度闲暇？

（三）杂文专题

旅途

　　每次来京，都很匆忙，也许跟心情有关，基本都是来办案或学习，偶尔与同学、老师一起吃个饭，聊个天儿喝个酒，叙叙家常，极少有闲暇逛逛。了解到个别同学表面上很风光，其实在京打拼也挺累，不容易，没有归宿感；有时候觉得小城挺好，风儿自吹心自凉。

　　每次离京，总是拖着行李箱急匆匆赶到北京西站，在二楼最里头的老北京炸酱面饺子馆坐下来静静地吃碗面儿。整理下思路，再进入熙熙攘攘的候车厅，检票上车。望着窗外，利用两三个小时的时间写首打油诗，也是个乐儿，一般会在深夜回到郑州，再或自驾或辗转，披星戴月仰望天。

　　人生之旅总是来来往往，无论是学习或旅游，从未曾忘记出发的地方，总是带着点点的忧伤，其实不妨与坐在身旁的人聊聊天，放松心情，乐享自然。

　　但总是沉浸在自己的世界里，自顾自的忙，哪管身旁是少妇还是帅男，是学生还是儒商，我，只选择默默无言。

澳门印象

初到澳门，正好刚过零点，有幸可以待到6月5日，可惜2号一天庭审，势必1号要回郑州，虽有四日逗留，印象却也五味杂陈。

姑且说澳门是一座城，占地不大，建筑恢宏，金碧辉煌，室内有赌具千台，人声沸鼎，金沙成、威尼斯人、美高梅、星际城、总统府等酒店客满丰盈，豪赌万人。

据说美女在此地停上几天会学坏，富翁待上一段时间会变穷。这里一顿早餐少则也要上百港币，好的海鲜火锅更是餐则过万，不过味道鲜美至极，无可比拟。我一不食海味之人也能食欲大增。走进各种购物中心，世界名品，只让你叫不出是什么名。只恨收入太低，唯观瞻有度，而不能欣取囊中。

气候潮湿，路洁街净，行人与机动车各行其道，机动车更是礼让行人，很少见路口摄像抓拍系统，道是车靠左行，方向盘在右让来自内地的我有些不适应，总担心对方来车，撞个正中。

澳门律师业与特区香港相比之下，显得没有那么发达，也许这里的居民真的没有香港人那样爱叫真儿，少了些许纠纷，多了一份宁静。下午到一律所访问了某大律师，求助咨询，交流案情，倒是愉快可行，本地律师确有儒雅之风，助理也是娴熟待客，咨询按时收费上千港币也算适中。

这是一座不夜城，多数商贾店铺上午十点开工，营业时间可至凌晨。这是一座赌城，各色人等一律可庄可闲，大小随性。这更是一座色情之城，世界各国美女名媛充斥其中。这还是一个世界购物中心，人们在这里赢了购物蔚然成风；当然，这里也有人输得鞋袜不剩，孤苦伶仃。

　　这是一座一生只值得路过的城，不值得久居其中，也许在这你感受不到更多的温情。随着中央政府政策调整，赌客也在减少之中，这座城也在思考与适应，旅游是方向，可持续引领，愿澳门发展更适合大众，有快感，有温情。

2016.5.31 凌晨于澳门

写在母亲节

今天这个特殊的日子里，人们在以不同的方式向母亲致敬。我也被朋友圈所感染，写点儿回忆。母亲在，我们尚有来路，如不在，我们仅剩归途。

记忆中最深刻的是年少时偷窃家中的五元钱被母亲吊梁鞭策的教育；还有在十多岁时与母亲上山割荆条子再担到几里外的窑上去卖钱的经历；以及每逢过年时才能全家割上一斤猪肉尝鲜的窘境；再记得就是上大学一年级时父亲写的那封信，告诉我下半年学费凑不齐时，母亲含泪从箱底儿取出的几百元零钱。也是因为那封信，我当时读懂了母亲的艰辛，毅然含泪决定背着父母选择弃学在郑州择业打工，替父母分担妹妹与弟弟的生活费。穷，是当时对家的最深印象，那时我真的没有勇气用父母血汗钱换取大学校园的宁静。

时光如梭，日月有情，我们不曾忘记贫苦，我们选择不断奋斗；岁月让我们亦为父母时，我们的母亲也渐渐老去，但母亲的勤俭善良是公认的，母亲的坚韧刚强也是天下母亲共有的。如今生活改善了，我们有能力让母亲享受生活，但母亲依然教育我们节俭持家，团结兄妹，勤勤恳恳，母亲的优秀品质值得我们作为传家宝去永世传承。

这个特殊的日子，让我们告诉母亲：珍重、保重，我们会成为您的骄傲！

我的父亲

我的父亲已年过六旬，从光荣的人民教师队伍退休几年了，却仍不愿停下工作的脚步，宁愿放下高级教师的身段去做一名保安。他的口头禅是"干到今年不干了，带你妈满世界转转"，但却总是年复一年。

记得那年我上初三，在学习最关键的时刻却染上了打架的习惯，带领全宿舍人员夜砸了后勤事务长的住室。看在我父亲是附近闻名的教师情面上，我被劝退学，没落到开除学籍。离开学校的那天，一帮送我离校的兄弟，被我父亲喝退，让我独自用一根竹竿，挑着几十斤重的行李，翻山越岭走十几公里回家；后我又被送到村附近的石子厂改造煅炼，在艰苦的环境中我顿有所悟，求父亲让我再回学校，在爷爷的帮助下，我在几个月后重返校园。我明白了父亲的良苦用心，他是一位严父，更是一位慈父，我也因此有所改变，没有在人生的青春期越走越远。

还记得那是在1993年的秋天，为了凑足我上大学的生活费和学费，父亲去押火车赚钱，临去郑州上学的头天晚上还到处为我去借钱，因为那时的父亲还是一名民办教师，工资收入低得可怜，而妹妹、弟弟也还要花钱。父亲是坚强的，更是伟大的，那满满的父爱会让我感觉到特别的温暖。送我上大学回安阳时，还在郑州火车站吃饭时遇到了讹诈，仅有的50元也被骗。当时的郑州火车站，用现在的思维无法想象当年的治安混乱。

多年后在外工作偶尔回到老家，父亲还总是习惯性地问长问短，虽然对我工作的内容已不可插言，但还是担心我的脾气暴躁会惹出事端。知子莫如父，也是父亲常爱说的一句话，无论生活、工作有何艰辛与困难，我都会报喜不报忧，让父亲的担当在我身上继续遗传。我慢慢发现我性格有所改变，由鲁莽变得理性，由内向变得健谈，由在乎变得淡然。

　　感谢我的父亲，您给了我健康的体魄；感恩我的父亲，您教会了我做人要有所承担。在未来的有生之年，趁父母还身强体健，一定要带父母满世界转转。

龙门游记

工作之余，惊闻昆明也有个龙门石窟，敢与我中原大地的龙门石窟同名，心生诧异，便想一睹为快。于是移步西山，上下求索，海拔两千余米，瞬间即至。

昆明西山龙门石窟与河南洛阳龙门石窟相比，不是一个概念。洛阳龙门的石窟，给人的第一印象是刻在峭壁上大大小小的佛龛与佛像，刀砍火烧的印迹记载着从北魏、唐代到宋朝的历史盛衰；而西山龙门的石窟其实就是在山崖上凿出来的一条蜿蜒的山洞，估摸着也就是几个道人为寻求修炼僻静之所而倾力为之。论规模没有洛阳龙门石窟的壮观与大气，只不过居高临下，沿滇池而陡立，倒也有几分俊毅与灵气。论品位，虽文人墨客多有墨迹染地，但毕竟边陲一隅，难抵九朝古都的风韵与气势。

茶余饭后

—写给迷茫中的中青年女律师

午饭过后，我没有午休的习惯，恰逢我们所里一位女律师也空闲，说要和我谈谈心，不好推辞，也就欣然接受，随便聊了聊。

无意间聊到几个话题：1.律师应该如何定义。2.对于执业也有几年的中青年女律师，却因为在家带孩子半荒废了业务如何快速提高的问题，这种年龄是否应该再去读个硕士研究生提高一下。3.如何突破社交障碍的问题。我一向喜欢搞所谓的职业规划，针对上述问题我们边喝茶边聊，但愿这位女律师能有所收获，不受我误导。

首先说说律师如何定义的问题。这位女律师有一定的法律思维和政治抱负，我们居然英雄所见略同，我们一致认为律师应当是集法律专家和社会活动家于一身的法律工作者。

再说第二个问题，这位同事总觉得自己年龄不小了，跟所里年轻律师比都觉得比不上，无论学历还是执业经验可能都不如所里几名年轻的研究生，很不自信。我淡然一笑，你怎么总拿自己的短处和别人长处去比呢？想想你这几年虽未实际执业，但把大部分精力贡献给了家庭，家庭多了个可爱的儿子，他们年轻哪能比得上你的这种幸福？我劝说女同事，拿自己的长处和别人的短处比就会充满自豪感，总拿自己短处和别人长处比，只能自卑自闭。

还说到接待客户的问题，其实面对客户也是需要技巧的。也许几年不接触业务真的有些生疏，比不上年轻的研究生，但是你要知道，你具备中青年女性的年龄魅力，你的客户，也许是冲着你的这种成熟年龄有一定执业经验才来的，也许你真的应付不了客户现场提出的要求，但是你一定要表现出稳重和成熟，避免因业务的不熟练而丢掉客户。你可以把问题引向其他的你熟悉的业务知识领域，针对客户的问题，提出建议我们讨论研究后向其出具书面意见的答复，相信这样的处理方式不但不会让你在你的客户面前露怯，反而会让你的客户认为你更重视他们的问题，对你更加充满信任和期待。

　　说到这种年龄是否去考硕士研究生的问题，我的建议是不如去读个博士，理由是这种年龄和"90后"混在一起读硕士，别人是为了学历和升迁做跳板，而你应该是为了拓展人脉去读书。然而，你与"90后"做同学，也许几年后都找不到他们了，因为他们充满了职业的不确定性，而联络同学也需要成本和时间，不同年龄和爱好很难建立起真正的友谊。所以我建议这位同事经济条件允许的话可以去读博或者参加其他商业论坛，交一些年龄相仿或者年龄较长的朋友，这可能对她的事业会更有帮助。

　　针对同事提出的第三个问题，其实"社交障碍"是我总结出来的，未必准确。她说昨天听了一天律师协会组织的其他律师培训课程，问别人要个电话感到不好意思等等。我总结这应该叫社交障碍症，总觉得和别人说话会不会打搅到别人，会不会遭到别人的拒绝后感到没有面子。我觉得这种种情况都应该是社交障碍的表现。这位女同事请教我突破的方法，我说社交障碍其实就是难以突破自己，最好的训练方法就是怕什么就去做什么，比如：你怕蛇，就试着用手去抓住蛇尾，当你提起蛇的一刹那，心理障碍立即消失。这种方法是可以起到突破自我的作用的，很多的魔鬼训练也是这个道理。女同事讲她很大胆，这些都不是问题，就是怕和人打交道。我告诉她克服这种障碍，训练的最好方法就是主动和人打交道，先从单位同事开始，可以先和单位其他同事主动示好，许以饭局或其他，找到交谈的契机，与人交流，才能修正自己，找回自信，排除社交障碍。

近一个小时的交谈，正如这位女律师所说，开始到所里对我的印象是那种靠关系做业务的律师，后来所里多次开会发言才发现我的业务水平还不错，又说是不是耽误我的时间了。不知是真心话还是讨好话我都接纳了，只要你能有所收益，我的一个小时不算什么，用思想影响人，一直是我所追求的。很乐意和各位青年律师谈术论道，别被我的所谓能自圆其说就是好的理论引向误区就行。

最后衷心祝愿这位女同事事业进步，家庭幸福！也祝愿与这位女同事有相同状况的女律师们，增加自信心，闯出一片新天地！

孝子楷模 律界英才

——与浙江凯旺律师事务所主任刘文兵律师清明谈有感

　　清明小长假，本计划回安阳老家小住两日陪伴探望已退休的父母，然4月5日晚知道老同学刘文兵要来郑州，自然要调整自己的休假计划。6日早上5点多就驾车奔赴老家，与父母简短相聚，下午3点多即转回至郑州，老同学刘文兵正好也到我办公楼下，老同学相见，自然无话不谈。

　　刘文兵，1975年出生，安阳县人，浙江凯旺律师事务所主任律师，主打刑事辩护业务。我与文兵兄（兄为尊称，其实我1974年出生）系高中同学，同在文科班，有众多相同的兴趣和爱好，使得我们大学也一同读的法律，连大学期间的假期打工都在一起，不能不说是一对从老家一起走出来的好兄弟。记得1998年2月份我开始创业开办法律服务所时我们就在一起，后因某种原因兄弟分开。从1996年至今，我一直坚持着法律职业和信仰，这位仁兄在几经坎坷之后也义无反顾地选择了律师行业。他2005年选择到美丽的天堂之都杭州发展，并在两年前创办了浙江凯旺律师事务所，我却因穷家难舍，固步自封，依然留在河南郑州，做着一个大律师的梦。

　　上次见他是今年春节的同学聚会，得知刘兄为弥补"子欲养而亲不待"的遗憾，年后竟开车上千里将80多岁的老娘从安阳接至杭州奉养，我对这位多年不见的老同学颇生几份敬意。只记得高中时他家境很好，衣食无忧，虽算不上纨绔子弟，但也算得上是风流倜傥，我每年都要去他家开的工厂打工。但也许是后来的家境变化和坎坷经历，让他增添了几份责任与担当，这也与其多年后选择刑辩律师这种职业不无关系。

这次见到他，是因为他送老娘来他郑州的哥哥处短住，算来从春节至今已有两个月余，我对其的孝心着实敬佩。想想自己，虽在郑州，离在安阳居住的父母只有两小时车程，却也很少回去看望，心里的确生愧。我们从下午喝茶谈心，到晚上饮酒交流，再到晚饭后一起居我陋室，畅谈至凌晨，总有说不完的话题。从律师业务的拓展到律师事务所的管理，从现如今执业状况的诸多羁绊与障碍到畅想未来司法环境的期望与变化，从合伙人律师的制度筹划到个人律师事务所的发展前景，虽已凌晨，却仍毫无睡意。从交谈中我了解到，从2005年刘兄单枪匹马入行至杭州闯荡，到如今仅个人刑事案件年业务量上百万，拥有30余人的律师事务所，其发展速度和规模，的确让我感到震撼，刘兄在律师行业中的成长正所谓稳健铿锵，成绩斐然。要知道我与刘兄皆为白手起家，虽刘兄多年一直称我为老大，谦称我是兄弟们的榜样和精神领袖，到我家居住只为参观我的豪宅以激励自己奋进等等，但我痛感有愧，扪心自问，确已与刘兄有了一定的差距。

我欲留刘兄小住几日，然刘兄称8日上午还要上庭刑辩，

7日晚还要加班整理辩护意见，我更为我这位老同学的执业精神所感染，无奈只能于7日一早送刘兄踏上征程。顺祝刘兄在从郑州回杭州的路上一路平安，在从律师到大律师的路上一路顺风！

2014.4.7 晨

我的法治梦

大家下午好：

很感激刚才李向君律师对我的介绍，也很感谢李向君律师搜集了我的如此丰富的图片资料，这足以说明向君律师为了这次活动的用心程度，再次感谢向君律师。

今天会务组给我的这个题目，源于我在今年6月29日郑州青年律师工作委员会组织的一次青年律师执业规划的即兴演讲，上次演讲的主要内容是积累、沉淀、厚积薄发。参会的同志们认为我是一个屌丝逆袭的典型，对青年律师的成长有一定的教育意义，而因此几次邀请安排了今天的这次演讲。

屌丝逆袭？如今社会变革迅速，这个网络用语自有它贬词褒用的积极意义。可是我今天敞开心扉，与各位同志分享的个人成长历程，并不是一个混迹法律社会的屌丝逆袭的版本。而是我本人，作为一名法律从业人员如何一步步实现自己的"法治梦"，用一种笑对人生的积极生活态度，一种不断进取的工作态度，努力前行。

和大部分同时代的孩子一样，我的十年历程应该从高考开始讲起。还曾记得20年前高考时选择专业志愿时，我和父亲、爷爷的意见相悖而打赌的场景。我父亲当时是一名民办教师，我爷爷也是村里的一位老村干部，在农村算得上见多识广的人，他们认为我应该学医，因为医学是一门技艺，既使毕业了安排不了工作也可以开个诊所，治病救人，不会失业，学法律就是政治，经常变化，学而无用，搞不好一事无成。我选择并坚持法律专业的原因是因为家里穷，那时候村里还常常被盗，母亲被人欺负，我是因为憎恨这些丑陋的社会现象，梦想学会法律可以创建公平，可以惩治罪恶，而选择了法律专业。我的爷爷与我打赌：毕业三年，看你能否找到工作，找不到工作就请爷爷喝酒，找到工作爷爷就请我喝酒。就这样，我坚持选择了我从心底喜欢的法律专业，这可能就是当初心中朦胧的法治梦。

我的大学是不成功的。1993年9月份被郑州黄河科技大学录取，我在大学上了一年。在大学期间为了赚取每月150元的生活费，我向同学卖过领带，向老师卖过皮鞋。因家庭条件差，母亲务农，父亲只有每月180元的工资还经常拖欠，负担不起我第二年大学的学费，作为家中的长子，为了分担家庭的负担，我背着父母选择了放弃学业，在1994年的暑假去寻找工作。也许是具有父亲教学的遗传基因，我在一所民办中专找到了一份代课老师的工作。当时是需要查验毕业证的，我平生第一次撒谎，说因为未交清学费，毕业证暂时扣发，因此获得了招聘者的同情，我谋求到了我人生的第一份职业。这份职业离我的法治梦有些差距。为了寻求路径，我选择了到法律服务所兼职，因为有了中专教师的身份，我成功地找到一家法律服务所进行兼职，其实也就是周末或寒暑假值下班，搞些咨询、代书和代理的一些小活儿。那时候我曾经自豪地认为自己是一位法律工作者了。在一次法律咨询活动中，我遇到了一位我生命中的贵人，当时任一马路办事处司法所所长的刘主任，他的爱人是二七区人民法院的一位优秀法官。在他的带领下我于1997年离开了代课的学校，成为一名专职的法律工作者。

选择放弃老师的固定收入，全职投入法律服务行业，这条路对于当时的我来说：一路艰辛。支撑我走下去的就是心中的信念：用法律服务社会，实现自己的"法治梦"。

对于一个从农村到城市、无亲戚无同学的我来说，收入靠什么？用什么去解决吃穿住行的问题？这也许是刚执业者都会面临的问题。我在这里给大家讲几个我最窘迫时的故事：1.我刚离开执教中专的那一年，很多学生依然记得我的生日，在他们眼中我是他们的老师，那年9月，大概有9位学生来为我过生日。坦白地说，我当时是没有能力同时管9个人吃饭的，我硬着头皮走进了租住房屋对面的小饭店，吃饱喝足，学生们离开，我谎称去对面楼上取钱，结果延期了几天后才支付饭费。2.再有一次是去法律服务所工作的路上，我骑的自行车轮胎被扎烂了，当时补胎需要一元钱，我当时真的没有，我是把自行车押在修车的那里，走着去上班，到办公室借了十元钱，下班的路上才把车赎走的。3.还有一次是我在报纸上看到了一则招聘启事，位于南阳路农业路的一家大型公司招聘法务人员，我那时认为自己是法律工作者，满怀信心揣着兜里仅有的两元钱去应聘，结果到了招聘单位才知道还需要交纳五元钱的报名费才能参加面试。我当时就傻眼了，但是为了不失去一次就业的机会，我是红着脸向一位陌生的求职者借的五元钱。那种眼神想必大家都想得到，但最终因为窘迫的心态而未能获得工作机会。

远离家乡，每年春节都要回到家中聆听父亲的教诲，以使自己在新的一年里增加一些坚持走下去的能量。1998年春节，在一马路司法所领导的支持下，为了实现搞活经济，增加收入的目标，我计划承包"郑州为民法律服务所"，因此在春节期间召开家庭会议，由我父亲担保，我承诺，向五个姑姑还有叔叔、爷爷借款，共同凑了5000元作为开办资金。当时装个固定电话都要2000元，加上租房，从二手市场淘来的二手家具，就这样，"郑州为民法律服务所"于1998年2月14日开业了。当时与我一起工作的多位法律工作者现在有的已经成长为不错的律师，有的依然在做着法律工作者，还有的开办了自己的律师事务所。自己经营法律服务所期间曾经与河南文艺广播电台创办"为民律师信箱"栏目，与《河南农村报》合作创办"帮你打官司"栏目，并在各种媒体抛头露面。

随着法律服务市场的变化，在郑州市二七区政通路曾经形成了法律服务一条街，当时的市场确实活跃。我经营的法律服务所也是风生水起，2002年我在郑州购买了第一套商品房，实现了留在这座城市的初级目标。但是，好景不长，在律师与法律工作者激烈的市场竞争中，律师占尽优势。个别律师通过媒体报道的形式，宣称法律工作者是假律师、黑律师，是诉讼掮客，一时间，媒体这方面的报道铺天盖地，造成法律工作者的法律服务市场冷落。

法律工作者和律师，两者身份的不同，让我重新思考：在我作为法律工作者已经小有成就的时候，是否要停下脚步，让自己的"法治梦"添上一双会飞的翅膀。

我曾经是一名优秀的法律工作者，面对法庭上的代理，在律师面前毫不示弱，但因为"天生腿短"，不具备律师身份而屡遭打击。当时真的很恨这些业务做得不好的律师，后来我觉得应该感激那些业务做得不好的律师。因为正是他们，让我再一次进行人生的选择，我当时清楚地知道我缺乏什么，我意识到要想成为一名律师，必须考取司法资格。但同时又意识到，直至2003年我还只是一个仅拥有高中学历的法律工作者，那年我已经29岁，我开始真正地规划自己的法律职业梦。在当时我要想真正地拥有一个律师身份谈何容易？从一名高中毕业生到执业律师至少需要六年时间（包括大学四年、司法考试一年、实习一年），相当于从零开始，再次上大学。需要坚持，更需要恒心和毅力。当时，我也曾遥望几年后的自己的各种可能和不可能而动摇，但考虑到法律这一自己坚持的信念，还是决定破釜沉舟，背水一战。

那是一次偶然的机会，我在《大河报》上看到了中国人民大学网络教育学院的招生启事，因为此前一次被朋友奚落的经历而更加让我对通过网络上大学产生了浓厚的兴趣。通过网络上大学，不但能学会网络知识，还能到心目中理想的大学进行学习，因此，我坚定了上学的决心。（此前在一个朋友的办公室玩电脑，其实根本不会玩，朋友先走了，让我走时关上电脑，我认为关电脑就像关电视一样按一下显示屏上的按钮就算关了。后被奚落电脑一夜未关）。2003年3月，我顺利通过中国人民大学网络教育学院入学前的考试，成为一名中国人民大学高中起点本科班的2003级新生。按照教学计划，毕业需要5-7年，我当时清楚地知道上这个大学目的，就是为了拿到本科学历，为考取司法考试创造报名条件。当时我想：如果顺利的话，2007年3月份毕业，当年就可以参加司法考试；如果顺利的话，当年考取司法资格，2008年实习，2009年就可以顺利成为一名名副其实的律师。

　　按此一切顺利来计算，我35岁做律师，这个梦还可以做，也可能会实现。功夫不负有心人，其中学习的清苦加上家庭的负担不必多说，在校期间曾多次在全国网络辩论赛中获得最佳辩手称号，并获得中国人民大学优秀毕业生的称号，还获得了法学学士学位。同年参加司法考试，一次通过。真如我所愿，我35岁时，实现了我的律师梦。

　　当真正成为一名律师后，我才感觉到，作为律师不应当仅仅为生计而生存，为生活而工作，应当把它作为你事业的基石，作为你走向人生梦想、实现成功的一个新起点，因此我再次规划我的律师执业人生。积累，沉淀，厚积薄发，为实现心中的法治梦想时刻准备着。作为一名执业律师，我是怎样做的呢？

第一、我认为律师的本质工作是认真办好每个案件。针对每个案件认真分析法律关系，做好阅卷笔录，确定管辖方向，拟定证据材料清单和质证材料清单，书写起诉、答辩、代理、质证、辩护等文书和意见；每一个案件办理完毕后，按照最高人民法院公布案例的格式书写案件小结，总结经验教训，认真订卷。

第二、我认为律师首先应当是一个法律专家。要想成为一个法律专家，就要有专业的法律研究方向，并且通过不断的在该领域学习，总结提高自己的专业水平，因此，我经常参加各种业务培训和学习，以增强自己的专业知识。

第三、我认为律师还应当是一个社会活动家。一个社会活动家不但要求有外交家的口才，更要有高度的社会责任感和敏锐的社会触角。因此，我不断地参加各种协会活动，各种组织的会议，不断地与人交往、沟通、互动，以达到推广展示自己、发现自己不足、完善自我的目的。

第四、作为一名普通律师，要想成绩出众，就应当比别人付出更多努力。不断地为自己制定目标，是我对我自己的一个基本要求。现五年内的目标是：每年与出版社及全国部分律师合作，将自己办理的案件写出来，进行编撰、出版，在同行业界进行营销推广。

第五、积极参与媒体采访报道，通过报纸、广播、电视、网络等公众媒体及微信、微博等自媒体和承办案件当事人的口口相传进行适当的社会宣传，目前有实名微信、微博、公众账号。

几年下来，我并未取得如会议组织方所称的我所谓事业上的成功，只能说是事业上刚刚起步。2013年8月份，通过中国政法大学法学院的审核，我成为其研究生院的一名在职刑法学博士研究生。通过博士研究生的学习，我更加开阔了自己的眼界；通过全国各地同学及同行的互动，我增强了更多同志的友谊和合作的机遇。特别是目前习总书记提出的司法制度改革，更加强了律师创造未来的机会和挑战，我梦想着有一天，我们每一位执业多年的律师，凭借优秀的品质，专业的知识，和对社会的高度责任感和使命感，做一名不用计较得失，不用在乎利益，一心为实现民主法治，为实现社会公平、正义、秩序而甘愿奉献的大法官。

我的法律梦，虽然曲折而漫长，但我一直在坚持；我的法治梦，虽然很遥远，但它一定能实现。心中理想愿与青年律师共勉！

谢谢大家！

我们究竟在忙什么？

在水泥钢筋构筑的城市，虽不见黄土飞扬的尘埃，却整日雾霾笼罩着，各色人们忙碌的身影在我们眼前交替地晃着，道路上车水马龙，人员混杂着，使得人不敢大口呼吸，不能大声喘气；思想也总是紧绷着，仿佛脑子里的血总会随时迸溅出来似的。很想偷几日空闲，找一处寂静的山野住上几日，让揪着的神经放松下来。可是一放松，就又会惦记着这个工作没做呢，那个事情还没完成呢，真如地球上少了自己就会停止自转似的。其实明知道在这个世界上除了家人和身边极少的朋友，并没有多少人真正地关心你，但还是停不下来去给自己的思想加压，压到几乎要爆炸。不知道是自己真的那么重要，还是自己那么浮躁；我们究竟在忙什么？我一直在思考，却怎么也想不明白。

我试图说服自己，我是在为我认为伟大而自豪的律师事业而忙碌着。为了自己喜欢的事业，从小就立志读书，嫉恶如仇，幻想正义。为了司法考试可以不吃不喝，为了办好一个案件可以废寝忘食，几日不歇。换来的是些许的喜悦，满足于略有成功后的成就感。正是这种成就感让我慢慢产生了责任感，觉得如果不能把案件做好，就对不起委托我的当事人。把一种匡扶正义的责任担在肩上，走起路来的确不是太轻松。日复一日，年复一年，当一个陌生的电话打给我，甚至无论是清晨还是深夜，我都会毫不犹豫地接起聆听，生怕漏掉一笔生意，担心客户会对你有怨言，不能在客户最需要你的时候你第一时间为他排忧解难。有时候自己觉着自己真像是个救世主，仿佛身边随时都会有很多不认识、不熟悉的人需要你的施救，这可能就是自己乐此不疲的原因吧。但静下心来想想，我究竟忙着的这些是什么？是正义？是杞人忧天？还是仅仅是为了自己的喜好而在不停地做着？我始终不能想明白。

　　有时候我很困惑，就在于我想不通我究竟在忙什么。也许是为自己的妻儿老小？但说句实在话，父母在外地，远离我们，我们未能一周，甚至一个月、几个月打一次电话给父母，未能有一个星期天或者抽个假期去陪陪孩子、父母及你心爱的人。难道我能说我是在为他们而忙碌吗？我不敢这么说，虽然我也时常有这个念头，打个电话问候一下远在他乡的父母，但总担心我打个电话会让他们更操心，因为打电话会破坏了平时的那种不敢轻易打破的平静。偶尔接到父母的电话，总担心他们是不是身体出现了什么问题？我每天所忙碌的是什么也许他们都不知道，即使偶尔回去也很少和他们谈及工作，怕他们操心。他们说得最多的话是，注意自己的身体。仔细想想，他们唯一的这一点儿嘱托，我也未能去做到。他们希望我注意身体，其实是希望我能健康，我能永远在他们身边，虽然我很少在他们身边，但身体健康总还是能陪陪他们的起码条件。我真的困惑，我其实不是在为这些最亲近的人而忙碌，因为在我忙的时候，心里根本就没有在想他们中的任何一个，我究竟是在忙什么呢？

不是为了自己的事业，也没有在为自己的家庭忙碌，我们究竟在为什么而忙呢？为了国家？这个问题我自己提出来也觉得挺可笑。觉得可笑倒不是因为我不爱国，而是我深深地爱着自己的国家，却真的没有为她做什么。每天早上迎着夜间未来得及熄灭的路灯出发，晚上踏着已经绚烂的夜幕回家。奔走在祖国的大地上，享受着飞机、高铁带来的便捷，领略着祖国的美好山河，而我究竟为她做了些什么？想想除了自己的脚印、垃圾之外，好像真的没有留给她什么。正是因为这种走马观花的忙碌，我感觉到我不知道自己做了些什么，为什么而做，究竟做什么。迷茫着眼前的世界，憧憬着未知的各种设想，所以感觉挺累的，却也不知道究竟自己在忙什么。上天赐我一双慧眼吧，让我明白我究竟应该为什么而忙着，走在人生各种未知名的路上，自己一直是一个没有脚力的行者，顶着日光前行，浑厚强烈的太阳光刺着我的眼睛，在流泪，但我却找不到前行的方向。有时候渴望有场雨，下得浩瀚如瓢泼；或者有场雪，漫天遍野地飞舞着，覆盖了整个世界，那样才能让我们都停歇，别再奔忙，找地方歇歇。

　　也许我们是在为自己的一个梦而忙着。这个梦可能从小就在我们幼小的心灵里埋下了种子。只要不忘初心，终会一梦所得。我们的梦究竟是什么？快乐的童年？轻松的青年？潇洒的壮年？优雅的老年？还是没有痛苦？没有病魔？没有伤害？没有罪恶？没有竞争？没有攀比？没有嫉妒？还是只有幸福，只要快乐，充满正气，相互合作，和睦相处，尊严崇德，悠然自得，无灾无祸，远离战乱，和平统一？这种大梦，我没有做过。只有回忆着，经历着，展望着。有时候反而会觉得我们忙的目的可能只是为了生存的保障，生活的优越。我们在天灾人祸、生老病死面前，力量显得那么薄弱；即使你拥有得再多，失去的时候却仅有一刻。如果我们只是为了生存和生活，我们有必要那么忙吗？想一想我们都没有那么傻，那要不就是我们并非是为了生存和生活在忙碌着？

我真的搞不清楚我们究竟在忙什么。似乎忙得真正无关于事业，无关于家庭，无关于祖国，无关于生存和生活。既然这一切都与我们无关，我们究竟在忙什么呢？何不停下来歇歇？让心宁静，让魂回归，闻一闻天然所赐的茶香，晒一晒久违灿烂的阳光，与心底动心的人相约，相携流浪于四野？

图书在版编目（ＣＩＰ）数据

律师的诗文 / 冯振国著. -- 武汉 ：长江文艺出版社，
2017.12

　ISBN 978-7-5354-8602-8

　Ⅰ. ①律… Ⅱ. ①冯… Ⅲ. ①诗集－中国－当代②散
文集－中国－当代Ⅳ. ①I217.2

中国版本图书馆 CIP 数据核字（2017）第 235930 号

责任编辑：何性松　　　　　　　责任校对：陈　琪

封面设计：张瑞红　　　　　　　责任印制：邱　莉　　王光兴

———————————————————————————————

出版：长江出版传媒　　长江文艺出版社

地址：武汉市雄楚大街 268 号　　　邮编：430070

发行：长江文艺出版社

电话：027—87679360

http://www.cjlap.com

印刷：河南美佳彩印有限公司

———————————————————————————————

开本：880 毫米×1230 毫米　　　1/32　　印张：8.25　　插页：2 页

版次：2017 年 12 月第 1 版　　　2017 年 12 月第 1 次印刷

行数：3456 行

———————————————————————————————

定价：36.00 元

———————————————————————————————